Niccolò Machiavelli

I decennali

Texte et illustration de couverture : © domaine public
Edition : Culturea (Hérault, 34)
Contact : infos@culturea.fr
Retrouvez notre catalogue sur http://culturea.fr
Imprimé en Allemagne par Books on Demand
Design typographique : Derek Murphy
Layout : Reedsy (https://reedsy.com/)

Dépôt légal : janvier 2023

ISBN : 9791041846672

Nicolaus Maclavellus

Alamanno Salviato

viro praestantissimo salutem.

Lege, Alamanne, postquam id efflagitas, transacti decennii labores Italicos, nostrum quindecim dierum opus. Fortasse nostri aeque ac Italiae vicem dolebis, dum quibus ipsa fuerit periculis obnoxia perspexeris, et nos tanta infra tam breves terminos perstrinxisse. Forsitan et ambos excusabis: illam necessitudine fati, cuius vis refringi non potest, et nos angustia temporis, quod in huiusmodi ocio nobis adsignatur. Verum obsecro te ut nobis non desis, sicut illi ac labanti patriae tuae non defuisti, si cupis carmina haec nostra, quae tuo invitatu edimus, non contemnenda. Vale.

V Idus Novembris MDIIII

Nicolaus Maclavellus

ediem

Leggete, Alamanno, poi che voi lo desiderate, le fatiche di Italia di dieci anni e la mia di quindici dì. So che c'increscerà di lei e di me, veggendo da quali infortunii quella sia suta oppressa, e me aver voluto tante gran cose infra sì brevi termini restringere. So ancora escuserete l'uno e l'altro: lei colla necessità del fato, e me colla brevità del tempo che mi è in simil ozio concesso, E perché voi, col mantenere la libertà di un de' suoi primi membri, avete suvvenuto a lei, son certo suvverrete ancora a me delle sue fatiche recitatore; e sarete contento mettere di questi mia versi tanto spirito, che del loro gravissimo subietto e della audienzia vostra diventino degni. Valete

Die VII Novembris MDIIII

Decennale primo

Io canterò l'italiche fatiche,

seguìte già ne' duo passati lustri

sotto le stelle al suo bene inimiche.

Quanti alpestri sentier, quanti palustri

narrerò io, di sangue e morti pieni,

pe 'l variar de' regni e stati illustri!

O Musa, questa mia cetra sostieni,

e tu, Apollo, per darmi soccorso,

da le tue suore accompagnato vieni.

Aveva 'l sol veloce sopra 'l dorso

del nostro mondo ben termini mille

e quattrocen novanta quattro corso,

dal tempo che Iesù le nostre ville

vicitò prima e, col sangue che perse,

estinse le diaboliche faville

quando, in sé discordante, Italia aperse

la via a' Galli, e quando esser calpesta

da le genti barbariche sofferse.

E perché a sequitarle non fu presta

vostra città, chi ne tenea la briglia

assaggiò e' colpi de la lor tempesta.

Così tutta Toscana si scompiglia

così perdesti Pisa e quelli stati

che dette lor la Medica famiglia.

Né possesti gioir, sendo cavati,

come dovevi, di sott'a quel basto

che sessant'anni v'aveva gravati;

perché vedesti el vostro stato guasto:

vedesti la cittate in gran periglio

e de' Franzesi la superbia e 'l fasto.

Né mestier fu, per uscir de lo artiglio

d'un tanto re e non esser vassalli,

di mostrar poco cuor o men consiglio.

Lo strepito de l'armi e de' cavalli

non possé far che non fussi sentita

la voce d'un cappon fra cento galli;

tanto che 'l re superbo fe' partita,

poscia che la cittate esser intese,

per mantener sua libertate, unita.

E com'e' fu passato nel sanese,

non prezzando Alessandro la vergogna,

si volse tutto contr'al Ragonese.

Ma 'l Gallo, che passar securo agogna,

volle con seco del papa 'l figliuolo,

non credendo a la fé di Catalogna.

Così col suo vittorioso stuolo

passò nel Regno qual falcon che cale,

o uccel ch'abbi più veloce volo.

Poi che d'una vittoria tanta e tale

si fu la fama ne li orecchi offerta

a quel primo motor del vostro male,

    conobbe ben la sua stultizia certa;

e dubitando cader ne la fossa

che con tanto sudor s'aveva aperta,

    né li bastando sua natural possa,

fece, quel duca, per salvar el tutto,

col papa, Imperio e Marco testa grossa.

    Non fu per questo, però, salvo al tutto,

perch'Orliens, in Novara salito,

li diè de' semi suoi el primo frutto.

    Il che poi che da Carlo fu sentito,

del duca assai e del papa si dolse,

e del suo figlio che s'era fuggito;

    né quasi in Puglia più dimorar volse;

lasciato 'n guardia assai gente nel Regno,

verso Toscana col resto si volse.

    In questo mezzo, voi, ripien di sdegno,

nel paese pisan gente mandasti

contro a quel popol di tanto odio pregno;

    e, dopo qualche disparer, trovasti

nuovi ordini al governo: e furon tanti

che 'l vostro stato popular fondasti.

    Ma sendo de' Francesi lassi alquanti

per li lor modi e termin disonesti,

e pe' lor pesi che vi avéno infranti,

poi che di Carlo il ritorno intendesti,

desiderosi fuggir tanta piena,

la città d'arme e gente provvedesti.

E però giunto con sue genti a Siena,

sendo cacciato da più caso urgente,

n'andò per quella via ch'a Pisa il mena;

dove già di Gonzaga il furor sente,

e come ad incontrarlo sopra 'l Taro

avea condotto la Marchesca gente.

Ma quei robusti e furiosi urtaro

con tal virtù l'italico drappello,

che sopra 'l ventre suo oltre passaro.

Di sangue il fiume pareva a vedello,

ripien d'uomini e d'arme e di cavagli

caduti sotto al gallico coltello.

Così gl'Italian lasciorno andagli;

e lor, sanza temer gente avversara,

giunson in Asti e sanz'altri travagli.

Quivi la triegua si concluse a gara,

non estimando d'Orliens el grido

né pensando a la fame di Novara.

E ritornando e' Franzesi al lor lido,

avendo voi a nuovi accordi tratti,

saltò Ferrando nel suo dolce nido;

donde co' Vinizian sequirno e' patti

per aiutarsi, e più che mezza Puglia

concesse lor, e signor ne gli ha fatti.

Qui la Lega di nuovo s'incavuglia

per obsistere al Gallo, e voi sol soli

rimanesti in Italia per aguglia;

e per esser di Francia buon figliuoli,

non vi curasti, in seguitar sua stella,

sostener mille affanni e mille duoli.

E mentre che nel Regno si martella

fra Marco e Francia con evento incerto

finch'e' Franzesi affamorno in Atella,

voi vi posavi qui col becco aperto

per attender di Francia un che venisse

a portarvi la manna nel deserto,

e che le rocche vi restituisse

di Pisa, Pietrasanta e l'altra villa,

sì come 'l re più volte vi promisse.

Venne alfin Lanciaimpugno e quel di Lilla,

Vitelli e altri assai, che v'ingannorno

con qualche cosa che non è ben dilla.

Sol Beumonte vi rendé Livorno,

ma li altri, traditori al ciel rebelli,

di tutte l'altre terre vi privorno;

e al vostro Leon trassor de' velli

la Lupa con San Giorgio e la Pantera;

tanto par che fortuna vi martelli!

Da poi ch'Italia la francesca stiera

scacciò da sé, e sanza tempo molto

con fortuna e saper libera s'era,

    volse verso di voi e 'l petto e 'l volto

insieme tutta, e dicea la cagione

esser sol per avervi a Francia tolto.

    Voi, favoriti sol da la ragione,

contro lo 'ngegno e forza lor un pezzo

tenesti ritto 'l vostro gonfalone;

    perché sapevi ben che per disprezzo

era grata a' vicin vostra bassezza,

e gli altri vi volevon sanza prezzo.

    Chiunque temea la vostra grandezza,

vi venia contra, e quelli altri eran sordi;

ch'ogni uomo esser signor di Pisa apprezza.

    Ma, come volse il ciel, fra quest'ingordi

surse l'ambizion, e Marco e 'l Moro

a quel guadagno non furon concordi.

    Questa venir al vostro tenitoro

fece l'Imperio, e partir sanza effetto

la diffidenza che nacque fra loro

    tanto ch'alfin la Biscia, per dispetto,

vi confortò a non aver paura

di star a Marco ed a sue forze a petto.

    E quel condusse in su le vostre mura

el vostro gran rebel; onde ne nacque

di cinque cittadin la sepultura.

Ma quel ch'a molti molto più non piacque;

e vi fe' disunir, fu quella scuola

sotto 'l cui segno vostra città iacque:

i' dico di quel gran Savonerola,

el qual, afflato da virtù divina,

vi tenne involti con la sua parola;

ma perché molti temen la ruina

veder de la lor patria a poco a poco

sotto la sua profetica dottrina,

non si trovava a riunirvi loco,

se non cresceva o se non era spento

el suo lume divin con maggior foco.

Né fu in quel tempo di minor momento

la morte del re Carlo, la qual fe'

del regno 'l duca d'Orliens contento.

E perché 'l papa non possea per sé

medesmo far alcuna cosa magna,

si rivolse a favor del nuovo re;

fece 'l divorzio e diegli la Brettagna:

e, a l'incontro, il re la signoria

li promisse e li stati di Romagna.

Ed avendo Alessandro carestia

di chi tenessi la sua insegna eretta,

per la morte e la rotta di Candia,

si volse al figlio, che seguia la setta

de' gran chercuti, e da quei lo rimosse

cambiandoli el cappello a la berretta.

    In tanto 'l Vinizian, con quelle posse

de la gente che in Pisa avea ridotta,

verso di voi la sua bandiera mosse;

    tal che, successa del Conte la rotta

a Santo Regol, voi costretti fusti

dar la mazza al Vitel e la condotta.

    E parendovi fier, forti e robusti

per virtù di queste armi esser venuti,

movesti 'l campo contro a quelli ingiusti;

    né vi mancando li sforzeschi aiuti

volevi con la insegna vitellesca

sopra 'l muro di Pisa esser veduti.

    Ma perché quel disegno non riesca,

Marradi prima, e di po' il Casentino,

ferito fu da la gente Marchesca.

    Voi voltasti il Vitello a quel cammino,

in modo tal, che rimase disfatto,

sotto le insegne sue, l'Orso e Urbino.

    E ancor peggio si sare' lor fatto,

se fra voi disparer non fussi suto

per la discordia fra 'l Vitello e 'l Gatto.

    Da poi che Marco fu così battuto,

fece l'accordo con Luigi in Francia,

per vendicar el colpo ricevuto.

    E perché 'l Turco arrestava la lancia

contro di lor, tanto timor li vinse

di non far cigolar la lor bilancia,

    ch'a far con voi la pace li sospinse,

e uscirsi di Pisa al tutto sparsi;

e 'l Moro a consentirla voi costrinse,

    per veder se possea riguadagnarsi

con questo benifizio el Viniziano,

li altri remedi iudicando scarsi.

    Ma questo suo disegno ancor fu vano,

perché gli avien la Lombardia divisa

secretamente col gran re cristiano.

    Così restò l'astuzia sua derisa,

e voi, sanza temer di cosa alcuna,

ponesti 'l campo vostro intorno a Pisa;

    dove posasti 'l corso d'una luna

senz'alcun frutto, ch'a' principii forti

s'oppose crudelmente la fortuna.

    Lungo sarebbe narrar tutti e' torti,

tutti l'inganni corsi in quello assedio,

e tutti e' cittadin per febbre morti.

    E non veggendo a l'acquisto remedio,

levasti 'l campo, per fuggir l'affanno

di quella impresa e del Vitello el tedio.

    Poco di poi, del ricevuto inganno

vi vendicasti assai, dando la morte

a quel che fu cagion di tanto danno.

El Moro ancor non corse miglior sorte

in questo tempo, perché la corona

di Francia li era già sopra le porte;

onde fuggì, per salvar la persona:

e Marco, sanz'alcun ostacul, messe

le 'nsegne in Ghiaradadda ed in Cremona.

E per servar el Gallo le promesse

al papa, fu bisogno consentigli

che 'l Valentin de le sue genti avesse;

el qual, sotto la insegna de' tre gigli,

d'Imola e di Furlì si fe' signore,

e cavonne una donna co' suo' figli.

E voi vi ritrovavi in gran timore,

per esser suti un po' troppo infingardi

a sequitar el Gallo vincitore.

Pur, dopo la vittoria co' Lombardi,

contento fu d'accettarvi, non sanza

fatica e costo pe 'l vostro esser tardi.

Né fu appena ritornato in Franza

che Milan richiamava Lodovico;

per mantener la popular usanza;

ma 'l Gallo, più veloce ch'io non dico,

in men tempo che voi non diresti ecco,

si fece forte contr'al suo nimico.

Volsono e' Galli di Romagna el becco

verso Milan, per soccorrer e' suoi,

lasciando il Papa e 'l Valentino in secco.

    E perché 'l Gallo ne portassi poi,

come portò, la palma con l'ulivo,

non mancasti anche a darli aiuto voi;

    onde che 'l Moro d'ogni aiuto privo,

venne a Mortara co' Galli alle mani,

e ginne in Francia misero e cattivo.

    Ascanio, suo fratel, di bocca a' cani

sendo scampato, per maggior oltraggio,

la lealtà provò de' Viniziani.

    Volsono e' Galli, di poi, far passaggio

ne' terren vostri, sol per isforzare

e ridurre e' Pisani a darvi omaggio.

    Così vennon avanti e, nel passare

che fece con sue genti, Beumonte

trasse a la Sega più d'un mascellare.

    E come furno co' Pisani a fronte,

pien di confusion, di timor cinti,

non dimostrorno già lor forze pronte,

    ma dipartirsi quasi rotti, e tinti

di gran vergogna; e conobbesi 'l vero,

come e' Franzesi possono esser vinti.

    Né fu caso a passarlo di leggero,

perché, se fece voi vili e abietti,

fu a' Franzesi il primo vitupero;

    né voi di colpa rimanesti netti,

però che 'l Gallo ricoprir volea

la sua vergogna con gli altrui defetti,

    né anche 'l vostro stato ben sapea

deliberarsi; e mentre che 'nfra dua

del re non ben contenti si vivea,

    el duca Valentin le vele sua

ridette a' venti e verso 'l mar di sopra

de la sua nave rivoltò la prua;

    e con sua gente fe' mirabil opra

espugnando Faenza in tempo curto

e mandando Romagna sottosopra.

    Sendo, di poi, sopra Bologna surto,

con gran fatica la Sega sostenne

la violenza di sue genti e l'urto.

    Partito quindi, in Toscana ne venne,

sé rivestendo de le vostre spoglie,

mentre che 'l campo sopra 'l vostro tenne;

    onde che voi per fuggir tante doglie

come color che altro far non ponno,

cedesti in qualche parte a le sue voglie.

    E così le sue genti oltre passonno,

ma, nel passar, piacque a chi Siena regge

rinnovellar Piombin di nuovo donno.

    A costor retro venne nuova gregge,

che sopra 'l vostro stato pose 'l piede,

non moderata da freno o da legge.

Mandava questi el re contr'a l'erede

di Ferrandin e, perché si fuggissi,

la metà di quel Regno a Spagna diede;

tanto che Federigo dipartissi,

vista de' suoi la capuana pruova,

e ne le man di Francia a metter gissi.

E perché 'n questo tempo si ritruova

Roano in Lombardia, voi praticavi

far col re, per suo mezzo, lega nuova.

Eri sanz'armi e 'n gran timore stavi

pe 'l corno ch'al Vitello era rimaso

e de l'Orso e del papa dubitavi.

E parendovi pur viver a caso

e dubitando non esser difesi

se vi avveniva qualche avverso caso

dopo 'l voltar di molti giorni e mesi,

non sanza grande spendio, fusti ancora

in sua protezion da Francia presi;

sotto 'l cui caldo vi pensasti allora

posser tòr a' Pisan le biade in erba

e le vostre bandiere mandar fuora.

Ma Vitellozzo e sua gente superba,

sendo contra di voi di sdegno pieno,

per la ferita del fratello acerba

al Cavallo sfrenato ruppe 'l freno

per tradimento, e Valdichiana tutta

vi tolse, e l'altre terre, in un baleno.

    La guerra, che Firenze avea distrutta,

e la confusion de' cittadini

vi fe' questa ferita tanto brutta;

    e da cotante iniurie de' vicini

per liberarvi, e da sì crudo assalto,

chiamasti e' Galli ne' vostri confini.

    E perché 'l Valentino avea fatto alto

con sue genti a Nocera, e quindi preso

el ducato d'Urbin sol con un salto,

    stavi col cuor e con l'almo sospeso

che col Vitello e' non si raccozzassi

e con quel fussi a' vostri danni sceso;

    quando a l'un comando che si fermassi

pe' vostri prieghi, el re di San Dionigi;

a l'altro furno e' suo' disegni cassi.

    Trasse 'l Vitel d'Arezzo e' suo' vestigi;

il duca in Asti si fu presentato

per iustificar sé col re Luigi.

    Né sare' tanto aiuto a tempo stato;

se non fussi la 'ndustria di colui

che allora governava 'l vostro stato,

    forse che venavate 'n forza altrui;

perché quattro mortal ferite avevi,

che tre ne fur sanate da costui:

    Pistoia in parte rebellar vedevi

e di confusion Firenze pregna

e Pisa e Valdichiana non tenevi.

    Costui la scala a la suprema insegna

pose, su per la qual condotta fusse

s'anima c'era di salirvi degna;

    costui Pistoia in gran pace ridusse;

costui Arezzo e tutta Valdichiana

sotto l'antico iugo ricondusse.

    La quarta piaga non possé far sana

di questo corpo, perché nel guarillo

s'oppose 'l tempo a sì felice mana.

    Venuto, dunque, el giorno sì tranquillo,

nel qual el popol vostro, fatto audace,

el portator creò del suo vessillo

    né fur d'un cerbio due corna capace

acciò che sopra la lor soda petra

potessi edificar la vostra pace.

    E s'alcun da tal ordine s'arretra

per alcuna cagion, esser potrebbe

di questo mondo non buon geométra.

    Poscia che 'l Valentin purgato s'ebbe

e ritornato in Romagna, la impresa

contro a messer Giovanni far vorrebbe;

    ma come fu questa novella intesa,

par che l'Orso e 'l Vitel non si contenti

di voler esser seco a tale offesa.

E, rivolti fra lor, questi serpenti

di velen pien cominciar a ghermirsi

e con gli unghioni a stracciarsi e co' denti;

e mal possendo el Valentin fuggirsi,

li bisognò, per ischifar el rischio,

con lo scudo di Francia ricoprirsi;

e per pigliar e' suoi nemici al vischio,

fischiò suavemente, e per ridurli

ne la sua tana, questo bavalischio.

Né molto tempo perse nel condurli,

che 'l traditor di Fermo e Vitellozzo

e quelli Orsin, che sì nimici furli,

ne le sue insidie presto dier di cozzo;

dove l'Orso lasciò più d'una zampa,

e al Vitel fu l'altro corno mozzo.

Sentì Perugia e Siena ancor la vampa

de l'idra, e ciaschedun di que' tiranni

fuggendo innanzi a la sua furia scampa.

Né 'l cardinal Orsin possé li affanni

de la sua casa misera fuggire,

ma restò morto sotto mille inganni.

In questi tempi e' Galli pien d'ardire

contro gl'Ispani voltorno le punte,

volendo el Regno a lor modo partire;

e le genti inimiche arien consunte

e del Reame occupato ogni cosa,

non essendo altre forze sopraggiunte;

     ma, divenuta forte e poderosa

la parte ispana, fe' del sangue avverso

la Puglia e la Calavria sanguinosa.

     Onde che 'l Gallo si rivoltò verso

Italia irato, come quel che brama

di riaver lo stato e l'onor perso.

     El sir de la Tremoglia, uom di gran fama,

per vendicarlo, in queste parti corse

a soccorrer Gaeta che lo chiama;

     né molto innanzi le sue genti porse,

perché Valenza e 'l suo padre mascagno

di sequitarlo li metteno in forse.

     Cercavon questi di nuovo compagno

che dessi lor degli altri stati in preda,

non veggendo col Gallo più guadagno.

     Voi, per non esser del Valentin preda,

come eravate stati ciascun dì,

e che non fussi di Marzocco ereda,

     condotto avevi di Can el baglì

con cento lance e altra gente molta,

credendo più securi star così;

     con la qual gente, la seconda volta,

facesti Pisa di speranza priva

di potersi goder la sua ricolta.

     Mentre che la Tremoglia ne veniva,

e che fra 'l Papa e Francia umor ascoso

e collera maligna ribolliva

    malò Valenza e, per aver riposo,

portato fu tra l'anime beate

lo spirto d'Alessandro glorioso;

    del qual sequirno le sante pedate

tre sue familiari e care ancelle,

lussuria, simonia e crudeltate.

    Ma come furno in Francia le novelle,

Ascanio Sforza, quella volpe astuta,

con parole suavi, ornate e belle,

    a Roan persuase la venuta

d'Italia, promettendogli l'ammanto

che salir a' cristiani in cielo aiuta.

    E' Galli a Roma s'eron fermi intanto,

né passar volson l'onorato rio

mentre che vòto stette 'l seggio santo.

    E così fu creato papa Pio;

ma pochi giorni stiè sott'a quel pondo

che gli avie posto in su le spalle Iddio.

    Con gran concordia, poi, Iulio secondo

fu fatto portinar di Paradiso,

per ristorar de' suo' disagi 'l mondo.

    Poi ch'Alessandro fu dal ciel ucciso,

lo stato del suo duca di Valenza

in molte parte fu rotto e diviso.

Baglion, Vitelli, Orsin e la semenza

di Montefeltro in casa lor ne girno,

e Marco prese Rimini e Faenza.

Insino in Roma il Valentin sequirno

e' Baglion e gli Orsin, per darli guai,

e de le spoglie sue si rivestirno.

Iulio sol lo nutrì di speme assai;

e quel duca in altrui trovar credette

quella pietà che non conobbe mai.

Ma poi ch'ad Ostia qualche giorno stette

per dipartirsi, el papa fe' tornallo

in Roma, e a sue genti a guardia 'l dette.

Intanto e' capitan del fiero Gallo,

sopra la riva del Gariglian giunti,

facevan ogni forza per passallo;

e avendo in quel luogo invan consunti

con gran disagio molti giorni e notti,

dal freddo afflitti e da vergogna punti,

e non essendo insieme mai redotti,

per vari luoghi e 'n più parti dispersi,

dal tempo e da' nimici furon rotti.

Onde avendo l'onor e' danar persi

a Salsa, a Roma e quivi, tutto mesto

si dolfe 'l Gallo de' suo' casi avversi.

E parendo a l'Ispano aver in questo

conflitto avuto le vittorie sue,

né volendo giucar co' Galli el resto,

    forse sperando ne la pace piue,

fece fermar el bellico tumulto,

e de la triegua ben contento fue.

    Né voi tenesti 'l valor vostro occulto,

ma d'arme più gagliarde vi vestisti,

per posser meglio opporvi a ogni insulto.

    Né da le offese de' Pisan partisti,

anzi, togliesti lor le terze biade,

e per mare e per terra li assalisti.

    E perché non temén le vostre spade,

voi vi sforzasti con varii disegni

rivolger Arno per diverse strade.

    Or, per disacerbar li animi pregni,

avete a ciaschedun le braccia aperte,

ch'a domandar perdon venir si degni.

    Intanto 'l papa, dopo molte offerte,

fe' di Furlì e de la rocca acquisto,

e Borgia si fuggì per vie coperte;

    e benché fussi da Consalvo visto

con lieto volto, li pose la soma

che meritava un rebellante a Cristo.

    E per far ben tanta superbia doma,

in Ispagna mandò legato e vinto

chi già fe' tremar voi e pianger Roma.

    Ha volto el sol duo volte l'anno quinto

sopra questi accidenti crudi e fieri,

e di sangue ha veduto il mondo tinto;

e or raddoppia l'orzo a' suo' corsieri,

acciò che presto presto si risenta

cosa, che queste vi pain leggieri.

Non è ben la fortuna ancor contenta,

né posto ha fine a l'italiche lite,

né la cagion di tanti mali è spenta;

non son e' regni e le potenzie unite,

né posson esser, perché 'l papa vuole

guarir la Chiesa de le sue ferite.

L'imperador, con l'unica sua prole,

vuol presentarsi al successor di Petro;

al Gallo el colpo ricevuto duole;

e Spagna, che di Puglia tien lo scetro,

va tendendo a' vicin laccioli e rete,

per non tornar con le sue imprese a retro;

Marco, pien di paura e pien di sete,

fra la pace e la guerra tutto pende;

e voi di Pisa troppa voglia avete.

Per tanto facilmente si comprende

che 'nfin al cielo aggiugnerà la fiamma,

se nuovo fuoco fra costor s'accende.

Onde l'animo mio tutto s'infiamma

or di speranza, or di timor si carca,

tanto che si consuma a dramma a

dramma; perché saper vorrebbe dove, carca

di tanti incarchi, debbe, o in qual porto,

con questi venti, andar la vostra barca.

Pur si confida nel nocchier accorto

ne' remi, ne le vele e ne le sarte;

ma sarebbe il cammin facil e corto,

se voi el tempio riaprissi a Marte.

Decennale secondo

Gli alti accidenti e fatti furiosi,

che in dieci anni seguenti sono stati,

poi che, tacendo, la penna riposi,

le mutazion di regni, imperi e Stati,

successe pur per l'italico sito,

dal consiglio divin predestinati,

canterò io; e di cantare ardito

sarò fra molto pianto, benché quasi

sia pe 'l dolor divenuto smarrito.

Musa, se mai di te mi persuasi,

prestami grazia, che 'l mio verso arrivi

a la grandezza de' seguiti casi;

e dal tuo fonte tal grazia derivi

di cotanta virtù, che 'l nostro canto

contenti almanco quei che son or vivi.

Era sospeso il mondo tutto quanto;

ognun teneva le redine in mano

del suo destrier affaticato tanto,

  quando Bartolomeo detto d'Alviano,

con la sua compagnia, partì del Regno,

non ben contento del gran Capitano;

  e per dar loco al bellicoso ingegno,

o per qualunque altra cagion si fosse,

d'entrar in Pisa avea fatto disegno.

  E benché seco avesse poche posse,

pur non di manco del futuro gioco

fu la prima pedona che si mosse.

  Ma voi, volendo spegner questo foco,

vi preparaste bene e prestamente;

tal che 'l disegno suo non ebbe loco;

  che, giunto da la Torre a San Vincente,

per la virtù del vostro Giacomino,

fu prosternata e rotta la sua gente.

  El qual, per sua virtù, pe 'l suo destino,

in tanta gloria e tanta fama venne

quant'altro mai privato cittadino.

  Questo per la sua patria assai sostenne,

e di vostra milizia il suo decoro

con gran iustizia gran tempo mantenne;

  avaro de lo onor, largo de l'oro,

e di tanta virtù visse capace,

che merita assai più ch'io non lo onoro.

E or negletto e vilipeso iace

ne le sue case, pover, vecchio e cieco:

tanto a fortuna chi ben fa dispiace!

Di poi, se a mente ben tutto mi reco,

gisti contr'ai Pisan, con quella speme

che quella rotta avea recata seco;

ma perché Pisa poco o nulla teme,

non molto tempo il campo vi tenesti,

ch'ei fu principio d'assai tristo seme.

E se i danar ed onor vi perdesti,

seguitando il parer universale,

al voler popular satisfacesti.

Ascanio, intanto, mort'era, col quale

s'eran levati gran principi a gara

per renderlo al suo stato naturale.

Mort'era Ercule duca di Ferrara,

mort'era Federico, e di Castiglia

Elisabetta regina preclara.

Onde che 'l Gallo per partito piglia

far pace con Ferrando e li concesse

per sua consorte di Fois la figlia;

e la sua parte di Napoli cesse

per dote di costei, e 'l re di Spagna

li fece molte larghe l'impromesse.

In questo, l'arciduca di Brettagna

s'era partito che con seco avea

condotta molta gente de la Magna,

    perché pigliar il governo volea

del regno di Castiglia, quale a lui,

e non al suocer suo, s'appartenea.

    E come in alto mar giunse costui,

fu dai venti l'armata combattuta,

tanto che si ridusse in forza altrui;

    ché la sua nave, dai venti sbattuta,

applicò in Inghilterra, la quale fue

pe 'l duca di Soffolch male veduta.

    Indi partito con le genti sue,

in Castiglia arrivò la sua persona,

dove Ferrando non istette piue;

    ma ridotto nel regno d'Aragona,

per ir di Puglia il suo stato a vedere,

partì con le galee da Barzalona.

    In questo, papa Iulio più tenere

non possendo il feroce animo in freno,

al vento dette le sacre bandiere,

    e, d'ira natural e furor pieno,

contr'alli occupator d'ogni sua terra

isparse prima il suo primo veleno.

    E per gittarne ogni tiranno in terra,

abbandonando la sua santa soglia,

a Perugia e Bologna ei mosse guerra.

Ma cedendo e' Baglion a la sua voglia,

restorno in casa, e sol del Bolognese

cacciò l'antica casa Bentivoglia.

In questo, poi, maggior fuoco s'accese

per certo greve disparer che nacque

fra gli ottimati e 'l popul genovese.

Per frenar questo, al re di Francia piacque

passar i monti e favorir la parte

che per suo amor prostrata e vinta giacque;

e con ingegno e con forza e con arte

lo stato genovese ebbe ridutto

sotto le sue bandiere in ogni parte.

Poi per levar ogni sospetto in tutto

a papa Iulio, che non l'assalisse,

si fu in Savona subito condutto;

ov'aspettò che Ferrando venisse,

ch'a governar Castiglia ritornava,

là dove poco inante dipartisse;

perché quel regno già tumultuava,

sendo morto Filippo, e nel tornare

parlò con Francia, dove l'aspettava.

L'Imperio, intanto, volendo passare,

secondo ch'è la lor antica usanza,

a Roma, per volersi incoronare,

una dieta avea fatto in Gostanza

di tutt'e' suoi baron, dove del Gallo

mostrò l'iniurie e de' baron di Franza;

    e ordinò che ognun fusse a cavallo

con la sua gente d'arme e fanteria,

per ogni modo il giorno di san Gallo.

    Ma Franza e 'l Marco che questo sentìa

uniron la lor gente e, sotto Trento,

uniti 'nsieme li chiuser la via.

    Né Marco a le difese stiè contento;

ferìllo in casa, e a l'Imperio tolse

Gorizia con Trieste in un momento.

    Onde Massimian far triegua volse,

veggendo contr'ai suoi tanto contrasto,

e le due terre d'accordo si tolse;

    le qual di poi si furono quel pasto,

quel rio boccon, quel venenoso cibo

che di San Marco ha lo stomaco guasto.

    Perché l'Imperio, sì come io vi scribo,

sut'era offeso, e al buon re de' Galli

parve de' Vinizian esser corribo.

    Così perché il disegno a Marco falli

el papa e Spagna insieme tutt'a dua

s'uniron con l'imperio e i gigli gialli.

    Né steron punto de' patti infra dua,

ma subito convennon, in Cambrai

ch'ognun s'andassi per le cose sua.

    In questo voi provvedimenti assai

avevi ratti, perché verso Pisa

tenevi volti gli occhi sempre mai,

    non possendo posar in nulla guisa,

se non l'avevi; e Ferrando e Luigi

v'avien d'averla la via intercisa.

    E li vostri vicini e' lor vestigi

seguén, faccendo lor larga l'offerta,

movendovi ogni dì mille litigi;

    tal che, volendo far l'impresa certa,

bisognò a ciascuno empier la gola

e quella bocca che teneva aperta.

    Dunque, sendo rimasta Pisa sola,

subitamente quella circundasti,

non vi lasciando entrar se non chi vola:

    e quattro mesi intorno ivi posasti

con gran disagi e con assai fatica,

e con assai dispendio l'affamasti.

    E benché fussi ostinata inimica,

pur, da necessità costretta e vinta,

tornò piangendo a la catena antica.

    Non era in Francia ancor la voglia estinta

di muover guerra, e per l'accordo fatto

una gran gente ha in Lombardia sospinta.

    E papa Iulio ancor ne venne ratto

con le genti in Romagna, e Berzighella

assaltò e Faenza inanti tratto.

Ma poi che a Trevi e cert'altre castella

fra Franza e 'l Marco alcun leggier assalto

fu, or con trista or con buona novella,

alfin Marco rimase in su lo smalto:

poscia che a Vailà misero salse,

cascò del grado suo ch'era tant'alto.

Che fia degli altri, se questo arse ed alse

in pochi giorni? e se a cotanto impero

iustizia e forza ed union non valse?

Gite, o superbi, omai col viso altero,

voi che li scettri e le corone avete,

e del futuro non sapete un vero!

Tanto v'accieca la presente sete,

che grosso tienvi sopra gli occhi un velo,

che le cose discosto non vedete.

Di quinci nasce che 'l voltar del cielo

da questo a quello i vostri stati volta,

più spesso che non muta e 'l caldo e 'l gelo;

che se vostra prudenzia fusse volta

a cognoscer il mal e rimediarve,

tanta potenza al ciel sarebbe tolta.

I' non potrei sì presto raccontarve

quanto sì presto poi de' Viniziani,

dopo la rotta, quello stato sparve.

La Lombardia el gran re de' cristiani

occupò mezza, e, quel resto che tiene,

col nome solo il seggio de' Romani;

    e la Romagna al gran Pastor perviene

sanza contrasto; e 'l re de' Ragonesi

anch'ei per le sue terre in Puglia viene.

    Ma non sendo il Tedesco in que' paesi

ancor venuto, da San Marco presto

e Padova e Trevigi fur ripresi.

    Onde Massimian, sentendo questo,

con grande assembramento venne poi

per pigliar quello e non perdere il resto.

    E benché fuss'adiutato da voi

e da Francia e da Spagna, non di manco

fe' questo come li altri fatti suoi:

    che, sendo stato con l'animo franco

a Padova alcun giorno, tutt'afflitto

levò le genti, affaticato e stanco;

    e da la Lega sendo derelitto,

di ritornarsi ne la Magna vago,

perdé Vicenza per maggior despitto...